AF346396

CATALOGUE

D'UNE NOMBREUSE COLLECTION

DE

MAJOLIQUES ITALIENNES

des anciennes fabriques de Gubbio, Urbino, Castel-Durante, Savone, Castelli, Venise, etc.;

TRÈS-BELLE TENTURE

EN ANCIEN

CUIR DE CORDOUE

Composée de MILLE CENT MORCEAUX

D'UN TRÈS-RICHE DÉCOR, SUR FOND D'ARGENT

ARRIVANT DE L'ÉTRANGER

Dont la Vente aura lieu

HOTEL DROUOT, SALLE N° 7

Les Jeudi 31 Mai & Vendredi 1er Juin 1866

A DEUX HEURES

Me **DELBERGUE-CORMONT**, Commissaire-Priseur,
rue de Provence, 8,
Assisté de **M. DHIOS**, Expert, rue Le Peletier, 33,
CHEZ LESQUELS SE DISTRIBUE LE PRÉSENT CATALOGUE.

EXPOSITION PUBLIQUE

Le Mercredi 30 Mai 1866, de une heure à cinq heures.

PARIS — 1866

EXEMPLAIRE DE DHIOS

RENOU & MAULDE

Imprimeurs de la Compagnie des Commissaires-Priseurs,

RUE DE RIVOLI, 144

CATALOGUE

D'UNE NOMBREUSE COLLECTION

DE

MAJOLIQUES ITALIENNES

des anciennes fabriques de Gubbio, Urbino, Castel-Durante, Savone, Castelli, Venise, etc.;

TRÈS-BELLE TENTURE

EN ANCIEN

CUIR DE CORDOUE

Composée de MILLE CENT MORCEAUX

D'UN TRÈS-RICHE DÉCOR, SUR FOND D'ARGENT

ARRIVANT DE L'ÉTRANGER

Dont la Vente aura lieu

HOTEL DROUOT, SALLE N° 7

Les Jeudi 31 Mai & Vendredi 1er Juin 1866

A DEUX HEURES

Me **DELBERGUE-CORMONT**, Commissaire-Priseur,
rue de Provence, 8,

Assisté de **M. DHIOS**, Expert, rue Le Peletier, 33,

CHEZ LESQUELS SE DISTRIBUE LE PRÉSENT CATALOGUE.

EXPOSITION PUBLIQUE

Le MERCREDI 30 Mai 1866, de une heure à cinq heures.

PARIS — 1866

CONDITIONS DE LA VENTE

Elle sera faite au comptant.

Les Acquéreurs paieront, en sus des adjudications, CINQ CENTIMES par franc, applicables aux frais.

DÉSIGNATION

DE

Faïences italiennes

DES

ANCIENNES FABRIQUES

1 — Grand vase à une anse, goulot à trèfle et médaillon à portrait d'homme. Très-ancienne qualité.

2 — Grand vase à deux anses et goulot, forme ovoïde élancée, décoré d'arabesques, animaux chimériques et blason.

3 — Vase ovoïde à deux anses, double médaillon, à blason.

4 — Deux jolis vases forme ovoïde, à anse et goulot décorés d'arabesques, figures et inscriptions.

5 — Deux vases ovoïdes à deux anses, décorés en camaïeu bleu et encadrement polychrome.

6 — Deux vases ovoïdes à anse et goulot, décorés d'arabesques, têtes à mascarons et rinceaux, bel émail.

7 — Deux vases de même forme plus petits, décorés de fleurs, arabesques et blasons.

8 — Deux autres vases même forme, décorés de rinceaux, fleurs et inscriptions.

9 — Deux petits vases ovoïdes à anse et goulot, décorés d'arabesques. Très-beaux d'émail.

10 à 15 — Onze vases à anse et goulot forme ovoïde, décorés d'arabesques et rinceaux; ces vases seront vendus par paires.

16 à 21 — Douze vases à long col, forme bouteille, décorés d'arabesques et rinceaux; ces vases seront vendus par paires.

22 — Deux jolis vases à anse et goulot, forme ovoïde, décorés d'oiseaux et rinceaux.

23 — Deux vases forme ovoïde, à médaillons et rosaces d'un bel émail.

24 — Deux autres plus petits à médaillons de figures et trophées d'armes.

25 — Deux autres vases, même forme, à médaillons et trophées. Bel émail.

26 — Grand vase, forme cylindrique, très-ancienne fabrique.

27 — Vase forme cylindrique, à deux anses avec inscriptions.

28 — Un autre vase plus petit, de même forme que le précédent.

29 — Un autre de mêmes forme et fabrique, décoré de blasons.

30 — Un autre plus petit, même forme et même genre de décors.

31 — Vase cylindrique, décors, rinceaux, fleurs et inscriptions.

32 — Un vase, forme bouteille, décoré dans le goût mauresque. Bel émail.

33 à 36 — Neuf vases, forme bouteille, panse ovoïde à long col, décors variés, seront vendus par paires.

37 — Une gourde à panse ovale et têtes de sirènes. Émail blanc.

38 — Vases à anse et goulot, forme d'aiguière, décoré d'arabesques et d'inscriptions.

39 — Un grand vase de forme ovoïde à médaillons et rinceaux, d'un bel émail.

40 — Vase ovoïde à anses et goulot, décoré de fleurs et d'inscriptions.

41 — Pot à anse, décoré d'arabesques.

42 à 46 — Dix vases à anse et goulot de même forme, décors variés, seront vendus par paire.

47 à 55 — Dix-huit grands vases, cornets à médaillons de figures et trophées d'armes d'un bel émail, seront vendus par paire.

56 à 61 — Douze vases, cornets plus petits que les précédents, mêmes décors et fabrique, seront vendus par paires.

62 et 63. — Cinq cornets plus petits, mêmes fabrique et décors.

64 à 67 — Huit grands cornets à médaillons, arabesques et rinceaux, seront vendus par paires.

68 — Deux jolis petits cornets à médaillons et arabesques.

69 — Deux petits cornets à médaillons et trophées.

70 — Deux grands vases, cornets d'un très-bel émail à médaillons et fleurs.

71 — Deux cornets à médaillons de saints et fleurs.

72 et 73 — Quatre cornets décorés d'Amours au milieu d'un paysage. Très-beaux d'émail.

74 — Deux cornets à fleurs et rosaces.

75 — Deux petits vases forme basse, décorés de paysages. Très-beaux d'émail.

76 — Deux cornets décorés de cavaliers.

77 — Deux cornets, médaillons à têtes de guerriers.

78 — Deux cornets décorés d'Amours et d'animaux chimériques. Très-beaux d'émail.

79 — Deux petits cornets à blason.

80 — Deux vases bleus à fleurs et rinceaux.

81 — Deux cornets à figures, encadrement à fleurs d'un très-bel émail.

82 — Deux autres, même genre de décor.

83 à 88 — Douze cornets émaillés bleu à fleurs et rosaces. Seront vendus par paire.

89 à 120 — Trente-deux vases et cornets de formes et décors variés. Plusieurs sont très-riches de décors.

121 — Une aiguière, décor en camaïeu bleu à figures.

122 — Vase à deux anses sur piédouche, décoré de médaillons et arabesques.

123 — Grand vase ovoïde décoré d'un médaillon à portraits et de rinceaux.

124 — Grand vase, forme bouteille, décoré d'une sainte en pied.

125 — Grande bouteille décorée en camaïeu bleu.

126 — Vase, forme cylindrique, décoré de fleurs et d'une tête d'hydre.

127 — Une aiguière élevée sur piédouche, décorée d'un guerrier.

128 — Vase cylindrique, zones en couleur sur fond orange.

129 — Une jolie aiguière à couvercle, finement décorée de fleurs.

130 — Deux cache-pots Louis XV avec couvercles décorés de fleurs.

131 — Une belle soupière, forme Régence, décorée de fleurs.

132 — Grand bol, même décor, même fabrique.

133 — Jolie coupe reposant sur trois pieds à bustes.

134 — Une aiguière et sa cuvette, décorée de fleurs, forme Louis XV.

135 — Un plat ovale décoré de fleurs.

136 — Une aiguière décor à fleurs.

137 — Saladier gaufré et festonné, décoré d'un paysage.

138 — Un bol décoré d'arabesques et médaillon à figure.

139 — Sucrier ovale décoré d'un paysage.

140 — Fruit, forme bouteille.

141 — Une jolie coupe d'accouchée, d'un très-bel émail et d'un riche décor.

142 — Petite saucière forme Renaissance.

143 — Théière et plateau décorée de figures et animaux.

144 — Grande cuvette forme coquille décorée d'une figure et de fleurs.

145 — Petit plateau sur piédouche décoré de fleurs.

146 — Une jolie petite théière de Moustiers décorée d'arabesques.

147 — Grand et beau plat rond décoré de personnages dévorés par des serpents. Pièce d'un bel émail. Cadre noir et or.

148 — Grand et beau plat d'Urbino représentant une amazone et un cavalier en partie de chasse. Belle pièce d'un très-bel émail. Cadre noir et or.

149 — Très-beau plat de l'ancienne fabrique de Castelli, représentant une orgie dans un palais de Rome. Le marly est décoré de sirènes et d'animaux jouant dans des feuillages. Très-belle pièce. Cadre noir et or.

150 — Beau et grand plat décoré d'arabesques bleu sur fond blanc. Ancienne fabrique de Savone. Cadre noir et or.

151 — Grand plat, au centre le portrait d'un grand personnage sur fond vert. Le marly est décoré de rinceaux. Bel émail. Cadre noir et or.

152 — Grand plat émail blanc à jour au centre, une figure de saint. Cadre noir et or.

153 — Grand et beau plat de. l'ancienne fabrique d'Urbino, représentant Apolon et les muses. Très-bel émail d'une grande richesse de couleurs. Cadre noir et or.

154 — Grand plat décoré de rinceaux bleus, jaunes et verts émeraude. Jolie pièce d'un bel effet. Cadre noir et or.

155 — Plateau creux décoré d'un buste de jeune abbesse. Cadre noir et or.

156 et 157 Deux petites assiettes décorées d'un amour. Jolies pièces de Castelli. Cadre noir et or.

158 — Petite assiette de Castelli, le Repos du chasseur. Cadre noir et or.

159 — Jolie coupe à rayons, au centre Vénus et l'Amour. Jolie pièce d Urbino. Cadre noir et or.

160 — Petit plateau décoré d'un Amour, entourage de rinceaux. Cadre noir et or.

161 — Belle plaque en ancienne faïence de Castelli, offrant un sujet champêtre, la collation costumes Louis XV. Jolie pièce. Cadre noir et or.

162 — Très-belle plaque représentant le triomphe d'Amphitrite, ancienne fabrique de Castelli. Cadre noir et or.

163 — Plaque représentant une villageoise portant un panier de volailles, fabrique de Castelli. Cadre noir et or.

164 — Joli plateau élevé sur piédouche, représentant une allégorie de la moisson. Fabrique de Castelli.

165 — Une autre de même forme représentant Diane et ses nymphes. Même fabrique.

166 — Plateau rond décoré d'une figure de savant consultant des livres sous une arcade.

167 — Plat rond avec médaillon de jeune femme au centre.

168 — Plateau rond représentant saint Pierre.

169 — Joli petit plat en ancienne faïence de Castelli, représentant une villageoise portant une corbeille de fleurs. Cadre noir et or.

170 — Petit plat de Castelli, paysage orné de figures. Cadre noir et or.

171 — Plat à reflets métalliques, au centre est représenté le lion de St-Marc. Cadre noir et or.

172 à 179 — Huit petites assiettes, ancienne faïence de Castelli. Décors variés, paysages, architecture et figures. Cadres noir et or.

180 — Deux petits plateaux à bords festonnés, décorés de paysages et personnages. Fabrique de Castelli.

181 — Statuette de la Vierge tenant l'enfant Jésus dans ses bras. Pièce très-ancienne et d'un bel émail.

182 — Plateau en faïence brune de Pavie.

183 — Deux jolies plaques en faïence de Delft, représentant des sujets bibliques.

184 — Une bouteille à anse en faïence de Perse.

185 — Une écuelle avec plateau et couvercle en ancienne porcelaine de Venise. Divers décors et fleurs.

186 — Onze assiettes et plat en faïence de Strasbourg.

187 — Douze assiettes et plat en faïence ancienne.

188 — Cinq tasses et un bol en porcelaine de Chine.

189 — Trois pièces en porcelaine de Sèvres, tasse, pot à crème et assiette.

CUIR DE CORDOUE

Très-belle Tenture en ancien cuir de Cordoue, composée de plus de mille cent morceaux d'un très-riche dessin sur fond d'argent.

CURIOSITÉS DIVERSES

190 — Petit cabinet italien incrusté d'ivoire et pierres dures.

191 — Un petit coffre en chêne sculpté.

192 — L'Assomption de la Vierge, très-beau bas-relief en terre cuite Cadre sculpté et doré.

193 — Groupe bas-relief en bois sculpté, doré et peint, représentant deux figures. Costumes du temps de Louis XII.

194 — Un encrier bronze italien du xvie siècle.

195 et 196 — Deux baromètres Louis XVI en bois sculpté et doré.

197 — Très-joli petit bas-relief bronze florentin du xvie siècle représentant la Charité.

198 — Deux peintures sur lapis-lazzuli, Jésus et la Vierge. Encadrement en ébène.

199 — Statuette du Christ en argent avec socle en cristal de roche.

200 — Deux peintures, saint Pierre et saint Paul. Médaillons sous cristal de roche.

201 — Un fermoir d'escarcelle en fer ouvragé.

202 — Un petit collier formé de boules en jaspe sanguin.

203 — Une grosse bague vénitienne ornée d'une pierre imitant le saphir.

204 et 205 — Deux éventails Louis XV, jolies montures en ivoire et sujets peints.

Renou et Maulde, Imprimeurs de la Compagnie des Commissaires-Priseurs, rue de Rivoli, 144.   52479